Découvrez l'histoire par les archives de presse

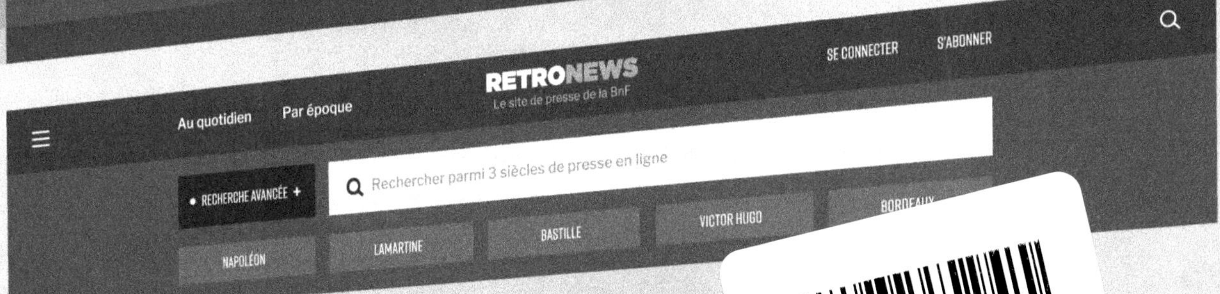

RETRONEWS

Le site de presse de la BnF

www.retronews.fr

n° 6 — tome II.	octobre 1896

le coq rouge

& L'ART JEUNE.

SOMMAIRE :

le numéro, fr. 0,80

le coq rouge

& L'ART JEUNE

PARAISSANT LE 15 DE CHAQUE MOIS

Prix d'abonnement annuel :

BELGIQUE. . . . . 8 Francs.
ÉTRANGER. 10   ,,

Édition sur papier de Hollande Van Gelder { BELGIQUE 20   ,,
ÉTRANGER 25   ,,

Rédacteur en chef : MAURICE DES OMBIAUX, 6 rue de Bériot.

Les rédacteurs du *Coq Rouge* se réunissent tous les mercredis à 5 heures au *Café de l'Hôtel Ravenstein,* rue Ravenstein.

Pour envoi de copie, correspondances diverses, offres de collaboration, demandes d'échange, administration, s'adresser à

M. HENRI VANDEPUTTE, Secrétaire,

131, rue de Brabant.

REVUES A LIRE :

Société Nouvelle, 32, rue de l'Industrie, Bruxelles.
Art Moderne, 32, rue de l'Industrie, Bruxelles.
Réveil, 64, rue Kessels, Bruxelles.
La Lutte, 15, place Van Meyel, Bruxelles.
Libre Journal, 117, rue du Havre, Mons.
Mercure de France, 15, rue de l'Echaudé, Paris.
Revue Blanche, 1, rue Laffite, Paris.
Magazine international, 91, avenue Niel, Paris.
Ermitage, 26, rue Juliette Lamber, Paris.
L'Aube, 26, rue d'Orléans, Paris.
Revue des Revues, 32, rue de Verneuil, Paris.
La Plume, 31, rue Bonaparte, Paris.
Documents sur le Naturisme, 10, rue des Tenneroles, Saint-Cloud.
L'effort, 8, rue des Puits-Creusés, Toulouse.
Die Gesellschaft, Hans Merian, éditeur, Leipzig.

LES PEINTRES

LA récente ouverture du « Sillon » nous paraît offrir occasion propice d'exprimer certaines chòses que nous tenons à dire. Certes, l'événement en soi n'a rien que de très insignifiant. C'est la réunion de quelques petits jeunes hommes présomptueux et inexpérimentés qui cherchent à se prouver à eux-mêmes et qui ne réussissent — oh! on n'en saurait douter! — qu'à s'inquiéter. Nous n'eussions même daigné, en cette « revue d'art, » parler d'une manifestation aussi obscure et mauvaise. Mais parce qu'à cette heure, en notre patrie putride, la génération actuelle des peintres paraît offrir en l'ensemble de son mouvement ce caractère de cabotinage et de servilité qui a désigné le « Sillon » à notre dédain, parce qu'aussi ce que je me vois forcé d'appeler le public est exposé à croire que c'est en de pareilles œuvres qu'il faut croire, nous avons estimé qu'il serait bon et profitable de prononcer quelques paroles d'explication.

Le menu salonnet qui vient de s'inaugurer présente l'exacte reproduction de ce que nous apparaît la peinture officielle jeune, c'est-à-dire celle qu'approuvent les folliculaires, les poètes déclassés, les juifs et autres gens de « sens éclairé » dont la haute compétence ne peut, en matière de médiocrité, être contestée. Nous nous y sommes rendus avec l'espoir de trouver là peut-être un vivant ou un sincère fourvoyé. Nous en avons fait le tour, vite désillusionnés, doucement égayés ensuite de maintes naïvetés suaves (c'est un sentiment si louable en ces jours de scepticisme !), mais peu à peu écœurés, jusqu'à en sortir emplis d'indignation. Ils sont là une cinquantaine qui nous dévoilent ce qui doit assurément être le meilleur de leur âme, eh bien ! je vous jure qu'il n'en est pas un dont on oserait serrer la main. Cette exposition m'a fait songer à je ne sais quel repaire de faux monnayeurs. Certes, le mot est cru, mais je ne fais que le déduire des faits, de leurs propres (?) actes, de ce que j'ai vu, et je ne saurais appliquer d'autre épithète à des gens qui prétendent acheter la gloire avec l'œuvre même de ceux qui les ont devancés. Si nous voulons résumer notre impression, nous ne pourrons que prononcer ceci :

Il y a là du Degreef falsifié par un M. Verdussen et un autre monsieur du nom de Blieck ; il y a du Verwée contrefait par un M. Bernier, qui s'applique en même temps à reproduire Tschaggeny. Il y a du Colmant travesti mais non masqué par ce M. Blieck, qui semble éprouver pour Degreef une prédilection si indiscrète, prédilection qui s'étend d'ailleurs encore à Ottevaere et à Gilsoul. Il y a du Burne-Jones, du Crane fidèlement imités par M. Stevens, qui nous donne aussi un petit dessin (cette étoffe tombée et s'étalant en cent plis et cassures de reflets) qui n'a pas manqué de rappeler certain dessin semblable de Vinci, au Louvre. Il y a même du Puvis dont M. Janssens se charge de fournir une copie informe. Si nous ajoutons quelques aquarelles de Cassiers par M. Flasschoen, quelques gastronomies, enseignes de traiteurs, de Bellis (oh ! honte...) par M. Mathieu, un vague et nébuleux Fréderic par M. Denayer, je crois que notre bilan se pourra clôturer. Eh non ! Cependant ! J'oubliais l'un des plus caractéristiques de ces jeunes gens, M. Coulomb qui, en une foule de petits croquis, s'épuise à nous remettre en mémoire les purs visages de Knoppf, les pervers et bleus sourires des filles de Rops, les héraldiques pourtraitures de Doudelet, les grouillantes multitudes d'Ensor.

Je vous demande de quel nom il faut désigner ces procédés et de quels yeux, nous devons regarder ceux qui s'y livrent ?... Mais cessons de nous occuper de ces infantiles quelconqueries. Je l'ai déclaré au début de ces lignes, le « Sillon » ne m'a été qu'une occasion. Nous avons tenu à dire qu'il y a une autre peinture que la peinture de pastiche et de plagiat, qu'il y a la peinture d'art, une peinture qui se moule sur la vie, qui la transporte, l'infinise, une peinture adéquate à notre cœur et que l'on *doit* aimer parce qu'elle nous exprime si puissamment que nous ne saurions la méconnaître sans nous renier nousmêmes. Mais comment la sauraient-ils comprendre, les impuissants, les ratés ! Comment sentiraient-ils la vie, ceux qui n'ont en guise de cœur qu'un miroir attentif et déformant ? Dieu merci ! Le temps semble révolu des imbécillités magistes où il n'y avait d'ésotérique qu'une vanité et une cuistrerie effarantes, de ces idéalistes de grenier qui voulaient rendre le surnaturel !... eux qui n'avaient jamais vu dans la nature et dans les hommes que des souillures ou d'allégoriques apparences? Faut-il donc que nous apercevions maintenant une autre peste se déclarer, que nous découvrions un autre aspect de la bêtise? Ah! C'est ainsi que ces gens souhaitent l'art et ce sont de pareilles merveilles que couvent les airs profonds, les longs cheveux sales, les cabans hétéroclites dont ces messieurs nous imposent souvent la répugnante promiscuité.

Race de Rapins! Où doit donc en être tombée la peinture pour que « peintre » nous apparaisse le plus insultant vocable qu'il soit possible de trouver ! Mais je m'aperçois que ceci est presque de la rhétorique et à quoi bon s'échauffer à propos d'êtres que nous classons, intellectuellement, au niveau des citrons, des homards, des vaches qu'ils peignent !

A côté d'eux et sur un plus loyal chemin, il en est d'autres que nous aimons, il en est qui voient dans l'art autre chose que pillerie et rapine. Ceux-là sont conduits par leur cœur, et c'est en eux que se révèle la vraie génération. Il y a en Belgique des jeunes auxquels nous nous faisons une joie de tendre la main. Nous les sentons amis et quoique plusieurs nous soient inconnus ; quoique plusieurs vivent écartés de nous, nous avons la conviction ardente qu'ils nous savent comme nous les savons et que notre art est identique au leur. Il y a ici des Fréderic, des Hymans, des Baes, des Gilsoul, des Fabry, des Laermans, des de Groux, des Levêque, des Doudelet, des Claus, des Mellery, des de Gouve, des Ensor, d'autres encore... Ceux-là expriment la vie telle qu'elle leur bat au cœur. Ceux-là sont probes, honnêtes. Ceux-là sont beaux et vrais. Il n'est pas nécessaire que, parmi leurs confrères, on les désigne ou les élise. Ils sentent eux-mêmes qu'ils sont d'une race spéciale et noble. Ils sont assez virils pour ne pas devoir recourir, afin d'engendrer leur œuvre, au sperme d'un autre. Ceux-là sont nos frères. J'ai pensé à eux, en écrivant cette page, et je leur dédie mon effort pour qu'on ne les confonde pas avec les copistes et les mercenaires, pour qu'on sache que, s'il en est qui ont droit au mépris, d'autres, hautainement, peuvent exiger le droit à l'estime et à l'admiration.

ANDRÉ RUYTERS.

Comme un bouquet aux mains d'une fille

L*A bise tourne et la brise
        Chante clair dans les branches noires ;*
*La porte s'ouvre en surprise
Et rejette au mur le heurtoir ;
Elles vont vers le printemps en fête
Radieuses de jeune espoir ;
Car le vieux soleil scintille
Et voici le silex qui brille
Sur la route sèche et nette...*
La vie est faite et défaite
Comme un bouquet aux mains d'une fille.

*Avec des fleurs qui causent
Qu'on effeuille sans se le dire ;
Et la chanson fraîche éclose
Des bruits de querelles et des bruits de rires ;
La dernière violette et la première rose ;
Avec tout l'avenir
Dans les yeux, sur la bouche qui s'ose
Jusqu'au baiser bénin où les lèvres se closent
En un petit frisson et un grand soupir ;
Au long du parterre qu'elles pillent
Elles vont vers l'été, blondes têtes !...*
La vie est faite et défaite
Comme un bouquet aux mains d'une fille.

*Dans les foins où les fleurs qui meurent
Sont douces comme un vain regret ;
Sous les saules qui pleurent et effleurent
L'eau qui dort comme une morte à leurs pieds ;
Elles vont vers l'automne et babillent
Avec des mots de poète :*
La vie est faite et défaite.
Comme un bouquet aux mains d'une fille.

La chanson sonne autour du pressoir
Au pas lourd des vignerons ;
L'ombre, plus hâtive à chaque soir,
Disperse les rondes qu'elle rompt
Comme des guirlandes fanées ;
Les plaines sont moissonnées,
Les treilles découronnées ;
Rieuses, mais étonnées,
Sous l'effeuillaison des charmilles
Elles vont vers l'hiver qui les guette :
Car la vie est faite et défaite
Comme un bouquet aux mains d'une fille.

FRANCIS VIELÉ-GRIFFIN.

EN FORÊT

DES nuages, couleur de marbre,
 Volent à travers le ciel fou
 — « Eh la lune, garde à vous » ! —
L'espace crie et se déchire
On écoute railler ou rire,
Sous l'écorce, par leurs fentes, méchantes
Les arbres.

— « Eh la lune, garde à vous » ! —
Votre face de cristal blanc
Va choir, morte, parmi l'étang
Cassée aux angles des vaguettes ;
Les troncs plient comme des baguettes ;
L'ouragan pille aux chaumières cognées,
Leur chaume immense, par poignées.

C'est les noces du vent et de l'automne
— « Eh la lune garde à vous » ! —
Le vent est ce cavalier lourd

Qui s'est soûlé, ce soir, et fait l'amour,
A tous les coins des carrefours,
Avec la rouge et violente automne.

— « Eh la lune, garde à vous » —
Votre allure de Sainte Vierge
Et vos étoiles et vos cierges
N'ont rien à faire, à cette heure de fête,
Où l'automne et le vent perdent la tête,
Où l'on entend leurs cris et leurs spasmes de bruit
Immensément s'entremordre la nuit
Et les forêts ployer et s'agiter soudain,
Comme des dos, à coups de reins.

— « Eh la lune, garde à vous » —
Les chiens rodent, les loups maraudent,
Une odeur ample et chaude
Grise la force et redresse debout
Le rut universel qui gonfle monte et bout
Dans les assauts de la nature en rage :
Avec l'automne ivre et sauvage
De l'est à l'ouest, du sud au nord,
Le vent râlant s'accouple à mort.

Les chiens s'en vont, flairant les loups
— « Eh la lune garde à vous » !

EMILE VERHAEREN.

LES

HEURES HARMONIEUSES

Matinale

ONC, la douceur d'une fraîcheur de matin baigne le Parc où il attend, où il se promène par les larges allées, dont les chemins semblent faits de chair pâle, de chair très fraîche, et comme vivante à cause de la lumière qui s'y joue. Et il écoute les oiseaux ehanter leurs tchip! tchip! tchip! miraculeux de limpidité. Et il songe, dans ce Parc banal! mais féérisé de matin, à Siegfried, sans doute son idéal symbole, écoutant chanter le divin oiseau au seuil de la forêt d'émerveillement. Mais ah! n'a-t-il raison? puisque c'est l'éternelle Voix qu'il entend en leur voix?

Il attend! De ses lèvres, des cigarettes s'en vont, en bleues fumées et fluides rêveries. La douceur d'une fraîcheur de matin baigne le Parc...

Les herbes sont plus vertes. Les petits bourgeons font sur le ciel, blanchement et soyeusement bleu, des dentelles de perles. Une haleine semble s'exhaler, onduleuse et douce, du ciel, vers lui...

Viendra-t-elle? Elle a bien promis! Mais bast! les femmes promettent si aisément en un instant sentimental. Viendra-t-elle? Il la désire. Il l'aime sans doute (un peu...), puisqu'elle est pour lui, en ce moment, la chose suprême et la plus désirée, en somme ce que les quelconques poètes appellent leur idéal... Viendra-t-elle? Oh! cependant, comme les oiseaux chantent! qu'ils sont naïfs! et qu'ils vivent pour eux-mêmes! N'est-ce pas? il aura beau pleurer où rire, vaguer tout seul ou avec l'aimée, ces petits être candides et absolument heureux chanteront toujours de même...

Puis quelle clarté calme, sur toutes choses! mais surtout sur les menues fraîches feuilles qui s'épanouissent aux bourgeons, et que la brise fine fait palpiter comme de petites ailes... Et des enfants jouent dans des bosquets, qui ont des cris comme des soies éployées!

Or un petit pauvre dort sur un banc, la chemise ouverte laissant voir sa poitrine... Et le soleil amical l'entoure, le divin soleil semble veiller sur lui...

Oh! (dites? écoutez moi!...) Oh! dormir dans ce rayon de soleil, en cet endroit, sur ce coin de banc! oh! être ce petit pauvre sans foyer ni loi, dormant au soleil la poitrine nue!

D'autres enfants, cependant, font un cercle de pâtés de sable autour du socle d'une statue. Et tous ces êtres sont heureux! Ils n'ont pas le lassant souci de penser ou d'aimer; ils n'ont que la joie toute pure d'exister.

Mais las! pourquoi celle-là ne vient elle pas? alors que l'heure est si bonne, si propice aux jeunes et toutes neuves tendresses... Ah! se dit-il, je pourrais la faire s'asseoir sur ce banc vert très clair. Moi à côté d'elle, mais comme à genoux. Elle ferait avec le bout de son ombrelle des dessins capricieux dans le sable du sol. Je lui prendrais la main. Nous causerions comme les plus profonds des amis, de choses que tous deux nous aimons beaucoup, et nous ne parlerions ni de nous mêmes, ni de notre amour, et nous oublirions l'heure... Chère jeune fille! Ce nous serait la joie suprême, l'amour infini; exister ainssi l'un à côté de l'autre, presque identifiés; vivre chacun une heure de vie toute nue, nourris de soleil, de sensation et de tendresse; se vivre l'un l'autre enfin, en s'aimant mutuellement dans toutes les choses bien-aimées.

Ah! hélas! hélas! pourquoi ne vient-elle pas?

— C'est bien ici pourtant qu'il lui dit hier de venir. Et elle promit. Et elle était si fidèlement sourieuse, qu'il n'eut pas su douter de sa parole...

Il se lève alors, il regarde au loin. Mais personne. L'allée est vide, et celle-là aussi, et celle-là... Les chemins d'un or blond et clair, les feuillages joliment verdaces. Plus loin, les masses de ramures se violacent. Et les petits oiseaux gazouillent.

Ah! qu'elle vienne! et que cessent enfin les bonds haletants et fébriles de son cœur si vivant!

Il se promène encore. Et c'est toujours la même douceur, le même calme..., les mêmes oiseaux..., mais aussi la même lassante amertume de l'attente... Il va. Il contourne un petit bassin. Il fume... De ses lèvres, des cigarettes s'en vont, en bleues fumées et fluides rêveries... L'eau du bassin réverbère verdi l'azur du ciel... Des ondulations minimes y crépèlent doucement du cristal luisant...

Au milieu de l'eau, des arbustes forment un ilot, et là dedans, des oiseaux nombreux babillent et remuent.

Mais oh! joie! la voilà! aperçue brusquement, et qui vient vers lui! et qui vient vers lui!

Vraiment! elle a même l'air trop simple! Mais elle est délicieuse tout plein!

Délicieuse! Délicieuse! Elle vient vers lui... Elle longe nonchalamment les pelouses; elle lui sourit; sa présence illumine les choses...

Puis, sa robe est claire! grise et bleue. Elle a des mousselines à son chapeau, le col mi-nu, et une touffe de gaze, soyeuse, sur la poitrine... Chérie... oh! qu'elle soit venue!...

Elle s'explique à peine, la mauvaise! mais qu'importe! la voilà! Ce sont ses mains gantées, ses yeux grisants, le jeu de son genou sous le jupon, sa taille, son pied petit, elle tout entière! Et elle lui serre les mains comme très heureuse. Et lui se laisse aller à ce doux rêve. Et il songe à Siegfried au seuil de la forêt d'émerveillement.

C'est, cependant, la douceur d'une fraîcheur de matin baignant le Parc...

O chants d'oiseaux (je vous prie...) chantelets et chantelets d'oiseaux! scintillez maintenant étoilément dans le ciel bleu de ciel...

Diamantaire

GRAPPES d'étoiles! ô sérénité divine! ô magnifique nuit constellée de tremblotements enfantins! Clameurs de trains aussi, pleurantes et éployées; clameurs, détresses à l'éperdue!... Or, cependant, mon âme est fraîche et bleue, mon âme est étoilée et très paisible comme cette heure — cette belle, cette douce heure d'exaltation épanouie, où chantent seules les feuillaisons bleues blêmes, vertes et veloutées... — où seule scintille, en oubli du monde et de ses quinquets vulgaires, la confiante joie des astres palpitants.

Donc mon âme est paisible, étoilée, fraîche et bleue. Donc aussi, les choses se reposent, et c'est grand charme de sentir combien candidement elles semblent dormir pensives, dans de la chaude lumière ou de l'ombre moelleuse.

Continûment, les feuillages ont des chansons de très lointaines petites sources, de sangloteuses petites sources mélodieuses et timides.

Ah! rires de Mai! Sourires d'éveil de nos yeux candides!

Espoirs d'être deux! ô petites sources dans les feuillages!...

Accoudons-nous, je t'en prie, ami, à la fenêtre. Regardons tout cela. Vivons cette belle heure après tant d'autres aussi belles et déjà vécues et trop vite oubliées. Mais celle-ci vivons-la, avec, en surplus, l'extraordinaire joie de penser que nous la vivons, et de jouir de l'inappréciable et de l'irrétrouvable de chacune de nos moindres sensations... Regardons tout cela !...

Viens près de moi, donc ; et vois : les plus belles choses de l'univers entier, scintillent et s'étalent devant nous. Ah ! L'éternelle nuit d'étoiles !... Regarde ! pour nous c'est la plus belle qui fût jamais.. Tu sais bien ! c'est celle-là dont les hommes-dieux nous ont parlé, soit en musique, soit en vers. — Celle-là ? mais l'unique ! celle qui s'étend à l'infini... et dont, à ce moment, nous avons presque la sensation absolue et divine...

L'éternelle nuit d'étoiles frissonne, au-dessus du jardin... Et elle s'étend à l'infini... Et tous les mondes y remuent, énormes et éblouissants, dans la pâleur, bleuie et molle, de l'air d'été...

Et certes ! la paix des étoiles nous bénit.

O heure auguste et irretrouvable ! te dis-je... Nos cœurs, ami, sont érigés, par nos gestes de bonheur, par notre bonheur religieux, ainsi que des calices, vers la sérénité suprême de la nuit !

Et il fait pur. Et des brises se meuvent, et ébranlent — mais à peine ! — les ondes musicales des feuillages. Et leur douceur silencieuse a de très aimantes caresses pour les feuillages...

La nuit est claire ! et le jour approche. L'aube s'annonce déjà, vois ! là-bas, en d'ineffables émois de couleurs, rouges et violettes...

Et le ciel est soyeusement verdi.

Déjà, loin, infiniment loin ! un coq enroué a chanté ! et c'est sans doute, du moins nous le songeons ainsi à cause de l'éclat de sa voix — c'est sans doute en quelque ferme blanche et rouge écarlate, baignée des vagues des blés éblouissamment jeunement verts...

Ah ! écoutons maintenant, le brusque jailli cantique ardent, ingénu et diamantaire ! des puérils rossignols sublimes, qui criblent de voix aiguës les bosquets sombres.

Puis, cette douceur !...

Sens-tu ce calme idéal pleuvant du ciel ?... Entends-tu cette rumeur chatoyante qui ondule sur les choses et monte comme une prière ? Restons immobiles, je te le demande. Ne cassons pas le beau réseau de fils de lumière, que la féerie de l'heure a tissé entre le paysage et notre cœur ! — Tout est très pacifique... Les constellations pâlissent. La lune éclaire encore le ciel du matin, déjà soyeux, rose, adolescent, de sa face de belle nacre et de prestige simple... Et il fait pur ! Et les rossignols chantent! Et, là-bas, les touffes d'arbustes sont étin-celantes de leurs chansons comme de prismatiques pierreries regar-dées par l'aube! et le ciel entier semble embrasé et illuminé de leurs roulades!

Oh! leurs roulades effervescentes! O grappes étoiles! sérénité divine! Le matin a surgi pur et beau du sein de l'infinie mer des ténèbres nocturnes! Et nous y écoutons, éblouis, les rossignols, qui chantent, qui chantent! qui chantent!

Délicieuse de peine et de soir

SUZANNE !...
La craintive voix s'insinua à peine dans l'air... Le silence redominait déjà. Le soir était sublime de calme. Les limpides étoiles rayonnaient d'or. Oh ! lointaine-ment, ce pauvre bugle malhabile qui pleurait Dagobert et ton taine et beaucoup de choses lamentables !

Baignés d'une blanche brume de douceur et de silence, les arbres. Et ta nacre, ô lune, scintillante argentément dans le pur ciel. Ah ! ta chair était souveraine et simple et admirable...

— Suzanne!...

Cette fois, la voix s'alanguit plus longuement et avec plus de dou-ceur, elle se modula et ondula parmi les ondes pures de l'atmosphère craintive.

Lui, cependant, s'était avancé sur la route, et le croissant de la lune lui apparut comme suspendu aux branchages bougeants d'un marronnier. Parmi les feuilles, se dentelaient des éclaircies de nuit blême, et des étoiles regardaient.

D'un lent balancement les branches étaient bercées. Des grillons trillaient. Pacifique, une sérénité semblait descendre en effluves et en grands larges baisers, de l'immense ciel très limpide.

Et les millions d'étoiles pâles s'éparpillaient dans l'infini.

— Suzanne! Suzanne! Suzanne!

Comme la voix se tordit avec détresse !

Mais rien à faire ! Puisqu'il ne savait pas? Puisque nulle voix ne répondait à cette voix? Pourtant ! n'était-ce pas lui qui appelait ?

Ah! Ah! il s'en fut de cet endroit ! car que faire de toutes ces nostalgies! de toutes ces pauvres pauvres nostalgies en appels vers le pays de son cœur que l'on ne trouve jamais ?

Et il s'en est allé, allé, allé... La nuit frissonnait doucement. Des phalènes volèrent... Là-bas, une seule fenêtre de paix était éclose d'ŏr dans des verdures.

Et il s'en est allé, hélas! Et il n'a jamais su la cause de cet appel qui se plaignait ! Il n'a même jamais su s'il l'avait rêvé ou réellement entendu. Et pourtant ! comme au tournant de la route il s'arrêtait, il lui sembla l'entendre une dernière fois, criante, en toute angoisse, de ce seul mot : Suzanne! Suzanne! Suzanne! par trois fois, et puis encore. — Après cela, des sanglots tombèrent l'un sur l'autre.

Et il n'a jamais su. Il n'a rien vu! malgré ses regards fixés suppliamment, de toutes parts, sur la campagne endormie, sur les chemins pâlis, et les chuchotements des bosquets.

Oh ! maintenant, n'est-ce pas? et hélas! ce pauvre bugle malhabile qui pleure tout seul et toujours, Dagobert, ton taine, et beaucoup de choses lamentables ! Oh! ces grillons et ces grenouilles qui se plaignent ! Et là-bas, ces sanglots qui tombent l'un sur l'autre, comme une triste source, pleurant les désespoirs de la belle nuit...

Ah ! Suzanne! Suzanne! combien donc vous ont appelée? auxquels vous n'avez jamais répondu !

Et il s'en allait tristement, songeant qu'en cette voix c'était le soir tout entier qui semblait se lamenter et appeler. Et ces appels et ces lamentations, il les imaginait des bras tendus, faisant sur fond de ciel de nuit pâle, des gestes et des signes désespérés.

Ardente

S'ÉPANOUISSE l'impérieuse félicité d'exister ardemment ! car les toits sont rouges là-bas, les bois lointains sont violets de lumière, et le ciel est soleillement bleu !

Ah! aussi, les fraîches feuillures vert et or sur ce ciel-là ! Aussi, les arbres flexibles fleuris, les clairs robes paysannes, le volètement des cris d'oiseaux... Aussi, aussi... surtout! cette très belle et chaude prairie où je me couche.

Gloire des yeux et splendide voyage, le ciel est soleillement bleu ; des nuages de moelleux paros le meuvent, des fleurs d'arbustes l'étoilent de rose...

Familiale pelouse, d'ailleurs! charme infini! Toutes les choses grésillent d'ardeur! Les grandes herbes fleurent sonorément. Des millions de marguerites tendent vers moi leurs faces jolies... L'air chaud est dense. Les moustiques qui y volent — on dirait presque qu'ils y nagent — ces moustiques sont en argent.

De petits calices d'or s'érigent au haut de leurs bougeantes fines et frêles tiges... Les neiges bleu-vertes des pommiers incessamment se défleurent en tournoyant... Et les fraîches feuillures vert et or, scintillent sur le ciel soleillement bleu...

Passé la haie, de grasses vaches dans des prés d'or. Des bosquets en irréelle lumière. Une gaie venelle grelée de soleil beige et puéril... Des enfants qui y avancent sont dorés de la tête aux pieds, pâlement dorés... Leur chevelure est une auréole ébouriffée. Et c'est là-bas, l'éperdue trillerie sonore des grillons, si en harmonie avec l'illumination verte et rose de l'heure, que c'est le soleil lui-même qui semble triller et crier, éperdûment et sonorément.

Ah! aussi! les nuages passent et s'en vont! De divins aperçus de bleu sourient entre les neiges... Ailleurs, un nuaget pâle et ondulé vogue tout seul sur une mer illimitée de tendre azur...

Et les oiseaux, les oiseaux chantent toujours tapage, de voix charmante et tapotée. Les herbes se balancent au-dessus de ma tête couchée, et me semblent grandes comme des arbres, et me semblent des jets de soleil... Et sur le ciel soleillement bleu, un arbre souple et tors, au tronc bas, épanouit, pour quelles noces magnifiques ? le bouquet frais de ses branches, de ses fleurs et de ses teintes, délicieusement japonaisement rouges et blanches!

Donc : ô ciel énorme et placide! ô chers oiseaux! ô arbustes! ô bonheur d'exister en cette heure-ci, inestimable! Oh! indécision miraculeuse et vibrante de choses ensoleillées ! Venelle ! paradis bocager ! éden très simple, mais habité de babils d'oiseaux, tout odorant d'âmes de lilas, délicieux de courreries de scarabées éclatants et verts, et du béatifique sommeil des insectes au cœur-calice de ces grandes fleurs jaunes, balsamiques, balancées et graciles...

Et tout à coup je découvre qu'une pure petite eau chantonne glouglou, non loin de moi, par delà la haie sans doute... Sans doute aussi que des fleurettes se penchent vers elles, y mirant leurs naïfs visages, et que le soleil s'éparpille joliment en chaque palpitation de son fluide treillis de cristal...

Et comme, accoudé, je regarde vers la haie, avec ce drôle désir irraisonné, de voir ce bruit, j'aperçois une enfant qui me regarde curieusement, les deux menottes accrochées, fraîches et blanches, parmi les feuilles, la bouche un peu ouverte et comme respirante, et les yeux grands épanouis au large comme de purs ciels.

Et je regarde les regards de cette enfant, et c'est comme si je contemplais les yeux de ma candide et paisible joie.

Ah! vous oiseaux! oiseaux! continuez à chanter tapage. Tout va bien. Je ne jetterai pas de bombe aujourd'hui, et je ne ferai pas la noce... L'heure est belle et suave comme une femme qu'on aime. Et mon adoration pour vous, monte vers vous et vers le ciel soleillement bleu, à la fois comme des jaillissements de fleurs, des prières et de spontanés vols d'oiseaux..

Henri Vande Putte.

HISTOIRES DE FRANCE

LE ROY

Monjoye escriet, ço est l'enseigne Carlun.
La chanson de Roland, chant 11.

LA plaine est rase aux chevaux de guerre ;
Le sang est clair dans l'herbe verte ;
Les moissons fument des flammes !

Joie, joie ! on clame, on clame !
Capelé de mailles, sanglé de fer,
L'épieu en main, l'épée au flanc,
Le Héros
Précipite au galop
La guerre,
Le sang bouillant,
Le cœur haut.

La guerre est gloire,
Et la mort est victoire ;
La vie est bannière de vaillance :
Les preux la suivent jusqu'en la mort ;
La mort est gloire !

Joie, joie, joie, joie !
Soufflez du cor ;
Le Héros qui chevauche est roi
De par les douze pairs qu'il devance
Et sa vertu fière cerclée d'or.

La plaine est rase aux chevaux de guerre
Qui portent les preux et leurs armes de vaillance.

La vie est guerre :
Orage tonnant dans un nuage
Qui monte de la poudre des routes
Sous la course des rages ;
Jaillit l'éclair !
Le preux d'un fier bras abat
Le fer ;
La nue éclate et gronde d'un feu de sang.
Ravages !
Le preux est roi !

Le preux est roi qui commande la victoire
D'estoc et de taille toujours plus avant.
Prêtent main forte et tiennent le pas :
Noblesse qui le pennon déploie,
Honneur qui sur l'écu flamboie,
Croyance qui l'épieu porte droit,
Et par dessus le rouge flamboiement
Anges du ciel et saints du paradis.

Trouble et peineuse est la royale vie !

Mais la chair brutale s'humilie :
La garde de l'épée fait une croix ;
Mais l'esprit simple sonne d'un cor joyeux ;
Et malgré l'ombre qui poudroie,
Le sang est clair dans l'herbe verte,
Le ciel est bleu.

LES COMMUNIANTS

Aubépine, mon bien,
Je te cueille et te prends;
Si je meurs en chemin,
Sers-moi de sacrement.
Chanson populaire.

DESSOUS un pin, les Chevaliers gisants
Voient leur âme couler à terre...
Ils eurent grand cœur les braves compagnons !
Tous deux unis en la paix comme en guerre,
Et comme, d'angoisse encore, sur le gazon.

Le soir est proche, et la mêlée disjointe,
Un calme frais apaise la prairie;
D'entre les places d'herbe nouvelle
Que ne couvrent pas les corps meurtris,
Les premières fleurettes lèvent leur pointe,
Et le renouveau s'épanouit.

— Ami, avez-vous plaie mortelle?
Dit d'un soupir le Chevalier de Gloire;
— Ami, ne gardez vous espoir ?
D'un ton dolent dit le Servant d'Amour.

Ils se sont ouï à leur verbe contrit,
Et l'eau du cœur leur découle des yeux.

— Hé, las ! mon frère, il me faut vous quitter
Et du même coup perdre ces jours glorieux.
— Hé, las ! mon frère, il me faut vous pleurer
Et du même coup ne plus revoir ma Dame.

Mais si vous étiez moins navré
Pourtant, et ne passiez pas
De claire vie si belle à trépas,
Prenez ceci, le portez à ma Dame,
Ce sont reliques qu'elle reconnaîtra.
Je les ai prises de sa main suave,
Le jour qu'elle me la tendit en adieu,
A ses ongles de coraline :
Les découpai menu d'un fin ciseau,
Cousis les pointes à cette courte peau,
Les serrai fort sous mon bliaut

Tout contre la chair nue de ma poitrine,
Et depuis le jour de grand deuil et d'adieu,
Petite haire, en moi, plus loin, chaque heure, engrave
Avec l'amour de ma gentille Dame
La mémoire de sa main suave.
Ami, mon frère, ceci prenez
Et lui donnez si vous ne trépassez.

— Mon frère n'ayez souci :
Ce sera comme vous désirez.
Mais nous sommes tous deux comme occis ;
Il faut que l'âme songe au paradis.

Le Chevalier de Gloire ayant fiché en terre,
Devant leurs yeux, la croix de son épée,
Ils tendirent au ciel l'hommage de leur gant;
Et le ciel l'accepta d'un long regard mourant
Qui rougit le fer de lumière.
Puis l'un, dans ses doigts, saisissant
Une pâquerette à la blanche couronne d'hostie,
Il la porta aux lèvres de l'ami
Pour qu'il eût goût, en trépassant,
Du pain de vie.
Et l'autre, jusqu'à sa blessure haussant,
Le menu calice d'une fleur d'or,
Il le porta aux lèvres de l'ami,
L'ayant empli d'une goutte de son sang

Et les Chevaliers se couchèrent
La main dans la main pour la mort.

Lors, sur leur paix mystique
Le bleu tendelet du ciel s'était ouvert
Au chœur des anges en damas de pourpre et d'or.
Et les brises du soir redisent leur cantique
Toujours, à travers les branches des pins,
Avant que ne s'épaississe le mystère
Que la nuit ferme sur la prairie
Entre nos yeux et les rayons divins,
Lorsque en l'union des dernières lumières
Les oiseaux s'accordent aux fleurs
Pour consommer toute harmonie
Et chanter aux âmes unies :

— *Bénis les victorieux qui meurent*
En chevaliers de justice et d'amour,
Avec l'humble viatique d'une fleur
Pour aller joindre l'esprit d'un dieu !
Bénis les chevaliers qui meurent !
Les victorieux,
Dans l'extase des heures dernières
Qui en la communion vivante d'une fleur
Aspirent l'âme de l'univers !

LA REYNE

> La Reine venait d'inventer
> ces robes à la gore où
> l'on entrevoyait le sein à
> travers un lacis de rubans
> agrémenté de pierreries.
> *La Reine Isabeau.* Villiers de l Isle Adam.

LES *quinconces du verger alignent d'ombres naines,*
Claires d'une chaude vapeur lunaire d'automne,
Leurs droites allées devant le portail.

Une fumée odore et traîne
Et flottonne,
Mêlée aux parfums mûrs des poires et des pommes.

Les dernières cires grésillent de la fête
Qui rougeoient le seuil du portail
D'où la fumée traîne et odore.

La nuit est d'un silence si mûr
Qu'il se mesure
Aux chutes mornes sur le sol mort
Des fruits qui tombent comme des têtes...

Les quinconces s'alignent d'ombres naines
Jusqu'au fond où le verger miroite plus clair
Comme d'une sournoise nappe d'eau stellaire
Que troublent des fléchissements de corps
Qui se penchent.

Des fruits qui tombent marquent le silence.

Au fond du verger pourtant il n'est point d'eau,
Point d'eau qui dort,

Mais pour de la soie, je ne dis pas :
De la soie blanche roidie d'argent
Et brodée en lys de diamants;
Mais pour une robe, je ne dis pas :
Une robe qui s'étoile comme de l'eau
Et qui chatoie
Sous les genoux d'un beau mignot
Dressé hardi de ses deux bras tendus et de sa tête
Vers sa Douce royale de joie,
Tandis que chutent autour d'eux de leur poids mort
Les fruits qui tombent comme des têtes.

Sur la poitrine du beau mignot
Sont blasonnés trois liéparts d'or,
Et dans l'emprise des corps,
Les trois liéparts d'or sont en joie
Qui mordent les lys de diamants,
Et à belles dents
Les broient.

Et les fruits tombent.

Mais la Douce met les fruits hors
De ses deux seins de lune miellée
Qui béent, qui se tendent dans l'ombre ;
La royale Douce est en joie :
Point ne craint la belle dent qui mord,
Les jeunes cruelles caresses des belles dents blanches
Qui mangent !
Tout est bon qui vous laisse accolée,
Après jeux, danses et fêtes,
D'un baiser...
Et parmi les perles et diamants,
Perdue dans le silence qui toujours plus s'étend,
Où les fruits tombent comme des têtes,
Qu'on pâme d'aise aux mignotises d'amour !

Le verger se peuple d'ombres naines
D'heure en heure plus noires des grandes clartés de la nuit
Aux cieux saures et rouges d'incendies
Qui, jusqu'au portail rougeoyant,
Toujours,
Des dernières cires qui grésillent de la fête,
Drapent à pans flambants

De haut,
Pour le cortège de princes, qui sans doute s'apprête,
Leurs dais royaux.

Mais du portail ne sort
Que la fumée déserte de la fête...
Dans la salle, seul, un homme oublié de la fête,
D'un sommeil innocent,
Sous les flambeaux,
Dort...
Chue, l'épée des preux
A terre !
Sur les yeux,
La couronne de velours glisse, aux fleurons d'or ;
Et les dernières lumières
En font des ombres sur le carreau.

Et cependant que sous la démence des rêves
L'homme penche, penche le poids qui s'en va, morne, de sa tête,
La Douce sous les quinconces et le jouvenceau
Ont pâmé d'aise aux mignotises d'amour,
Dans un silence toujours plus mûr et lourd
Où chutent autour d'eux, s'écrasent de leur poids mort,
Les fruits qui tombent comme des têtes.

LA VIERGE

— Cette assurance est de grand poids.
— Je la tiens pour un grand trésor.
Interrogatoire de la Pucelle.

*C*OMPAGNE *des brebis, sœur des agneaux,*
La bergerette a poussé son troupeau,
Dès l'aube, le long des pentes, au dessus du village.
Dans la rosée des lumières matinales
Qui éveillent peu à peu les profondeurs du val,
Elle s'est assise à mi-coteau,
Au frais de la fontaine des groseillers,
A ouïr bruire son âme comme l'antique feuillage
Du Beau Mai,
Où devisent d'accord les Saintes et les Fées.

L'herbage nouvel des pâtis
Que buissonnent de leurs jaunes toisons les brebis
Jusqu'à l'orée, là-haut, du bois chenu,

Mène par descentes douces ses yeux
Au seuil même des chaumines du village
Que longue guerre cruelle laissa piteux :
La tour de l'église y a croulé,
Des chaumes de parents ont brûlé,
Et la route par le pays perdu
Est le sillon après l'orage.

Une Vierge fut au pays promise :
Simplesse détient notrè salut.

La bergerette auprés de la fontaine
Demeure en rêverie assise ;
Ses doigts distraits de la quenouille de laine
Tombée au giron de sa cotte vermeille
Dégrapillent les branches des groseilles,
En fantaisie de sa pensée lointaine.
Et sous l'ombre des siècles qu'étend l'Arbre des-Fées,
Le front élu par rayonnées,
La nimbent à travers les feuillées
Les radiances divines du soleil !

Le soleil monte par le mitan du jour;
Et la bergerette s'est dressée,
Car elle voit loin ce que son âme bruit,
Sans voir Amour
Qui jeunet joueur pastoureau,
En tapinois est venu du village,
Sur le midi,
Rendre aux Dames Fées l'hommage
D'un cœur fervent et d'un gâteau
Qu'elle eût rompu, gente aimée, avec lui.

Mais elle voit loin, plus loin, ce que son âme bruit.
La force est vouée de sa chair brune et fière,
Hardie de l'instinct pur qui ne faut !
... A l'autre penchant de la vallée,
Ce n'est plus la roche du coteau,
Mais la croupe d'un roussin de guerre;
L'armure de l'azur y étincelle,
Et le vent écharpe la nuée
En une blanche et peinte bannière
Et frise des plumes de cimier ;
Un rais éblouissant du ciel
Perce l'air
En un éclair d'épée...

Hardi, gens des cités,
Gens des hameaux !
Bataille !...
Laissez les vieilles avec les agneaux au bercail,
Et chevauchez !
La vie est guerre, et la guerre est sainte
En sacrifice...
— Justice ! justice !
Puis, lors, Espoir relance les semailles
D'où verdit pour le renouveau
La paix :
Moissons et joies...
Rien contre la hardiesse de la foi
Ne prévaut,
— Sautez la haie ! —
Ni sape, ni siège, ni feinte,
Ni traîtrise !
Une Vierge fut au pays promise :
Le temps lui pèse comme à une femme enceinte.
Rien contre la hardiesse de la foi
Ne prévaut !
Que chacun écoute ses Voix,
Et nul bien fleuri ne sera perdu !
Voici que des hymnes d'oiseaux
Font chanter dans l'arbre les Fées et les Saintes...

Simplesse détient notre salut.

LES ORGUES

LES souffles chantent...

Et les voix séculaires cherchent l'écho
De l'âme passante
Qui marche, et va, d'un pas perdu, au jour,
Luisant vers elle de sa vive ogive de feuillage,
Sans qu'elle entende,
D'entre le bruissement des ombres en arceaux
Qui courbent sur sa vie la protection des âges,
Le cri de la jeunesse des héros,
La voix dénonciatrice de l'amour,
Qu'ailés de ramilles claires et d'oiseaux
Les souffles chantent.

L'âme s'en va, d'un pas perdu et sourd,
Par la forêt profonde des mélodies
Qui ont lancé, d'un jet, les fûts hardis
Bordant les vieux chemins qui la mènent au jour.
Les arcs déploient la pleine magnificence de leurs accords
Sur des lointains qui les prolongent et les brisent,
D'où l'éclair d'un glaive, d'une note jaillit
Au long pleurant secours d'un cor.
Des gestes de gloire qui sonnent leur prise
L'abandonnent, aux sons des musettes et des flûtes,
Tandis qu'aux cimes montent les prières en essors
Qui retombent, sur l'aile harmonieuse des brises,
En effusion de larmes inconsolées..

Les souffles chantent.

Mais l'âme s'en va d'un pas perdu qui butte
Vers l'espérance, là-bas, du jour
Luisant vers elle de sa vive ogive de feuillage,
Sans qu'elle entende,
Sans qu'elle sache que nulle vie présente
N'atteint jamais l'éclatante porte du jour
De son pas perdu qui marche tout le voyage
Sous les voûtes hautes du passé.

ROBERT DE SOUZA.

CHUTES D'AUTOMNE

OH ! le soleil au bois qui pénètre et qui tremble,
le soleil de septembre,
Oh ! le soleil et sa tiédeur par tous mes membres,
Oh ! les rayons pâlis en la pauvre feuillée
feuille à feuille effeuillée,
en la feuillée où selon l'heure
le vent d'Automne,
le vent chantonne,
chantonne ou pleure !

Et les grands arbres verts encor,
ou riches déjà d'une feuillée d'or
            seulement blonde,
les grands arbres autour du bord
de l'eau poissonneuse et profonde
s'étonnent d'entrevoir de larges trous d'azur
            au fond de l'étang pur
où s'épleurent et se reflètent
                    les fanaisons
                    des feuillaisons
                    de la saison
                    chère aux Poètes.

Et c'est dans les grands bois mourants
le grincement rythmé des branches ;
mais c'est aussi dans les vergers
poiriers, pommiers, de fruits mûrs surchargés
qui, tentateurs, vers les bouches se penchent ;
et c'est dans la feuillée, souvent,
le bruit que fait une poire qui tombe
et c'est à chaque coup de vent
                    une hécatombe !

Ah ! les bons fruits mûrs, ah ! tombez nombreux !
            de toutes les branches,
afin qu'au prochain matin de dimanche
le jardin soit plein de grands cris heureux
et de bouches rouges qui s'ouvrent avides
et boivent le jus des bons fruits sapides
en mordant leur chair à belles dents blanches !

GEORGES RAMAEKERS.

LES
HEURES HARMONIEUSES

Matinale

LA brise joue, en clairs sourires, matutine,
    Parmi le réveil d'or des oiseaux et des feuilles,
Le ciel est doux et vaste, et sa bonté s'effeuille,
Et neige calmement en lumière câline.

Azur ! vers ta jeunesse au large épanouie,
Vers ta candeur inviolée et tes bruits d'ailes,
Ma jeunesse s'érige et se veut éternelle
En l'effarement bleu de sa joie éblouie.

Le visage des fleurs, et leurs yeux, et leurs lèvres,
Et leur haleine parfumée, et leurs couleurs,
Et la splendeur, au loin, de l'horizon qui meurt
Sous le baiser ardent d'un grand soleil de fièvre,

Mon âme a tout compris, mon âme a tout aimé,
Elle a tout l'horizon, toutes les fleurs en elle.
L'azur immense et fort la vêt de son baiser,
Et l'aurore est sa face éclatante, immortelle !

Diamantaire.

ETOILES !
    L'heure est à vous de lumière et d'azur !
Et vous, Rossignols,
Soyez la joie de l'air, éparse et triomphale !

O nuit d'oiseaux et d'astres, ô nuit pure,
Pieusement, voici mes mains vers ta splendeur,
En long geste éperdu de sanglotante extase !

Etoiles, et vous, Rossignols,
Soyez la joie chantante et brûlante de l'heure,
Et chantez et brûlez, je vous prie,
Parmi le vaste ciel en fleur,
Parmi l'ombre fleurie et vibrante des feuilles,
Chantez et brûlez ce peu de ma vie
Que je vous offre ici du geste de mes mains !

Infiniment, chantez, ô Rossignols ; et vous, Etoiles,
Infiniment, semez au ciel vos baisers d'or.
Chanson des nids, chanson des sphères,
Dans la beauté de vos lumières,
Bercez mon âme au bercement de vos vagues impériales !

O délire de rire
En vous voyant chanter et luire,
Mes Rossignols et mes Etoiles !

Délicieuse de peine et de soir

*D*ÉLICIEUSE, ô nuit,
        Et sanglotante éperdûment de lune bleue,
Quels violons soudains aux clartés éblouies
Vous chantent tout au long de leurs archets mystérieux ?

O nuit, fermant les yeux, je vous vois, pâle,
Un doigt posé sur vos lèvres ouvertes,
Avec en vos cheveux des parures d'étoiles,
Avec en vos grands yeux des prières offertes,
Avec, en votre geste, une angoisse étonnée
Parmi l'extase d'or des lumières violonnées.

Pleurez, violons,
Tout au long, tout au long des archets lents et longs,
Pleurez exquisement vers la nuit qui s'épeure,
Et clamez, violons, brusquement, parfois,
Plus haut, plus clair, dans la douceur de vos sanglots,
Le cri d'appel où vibre éperdûment
La délicieuse angoisse de l'heure.

Ardente

FLEURS de soleil par la prairie,
    O fleurs de vie!
Soleil en fleur par les champs bleus du ciel,
Soleil!

Flambez ma joie, dans l'heure ardente,
Ma joie de vivre sous le ciel!
Baisez, ma joie! de vos lèvres ardentes,
Les grandes fleurs de rut de soleil!

Et puis, qu'importe! Un ciel voyage,
Noyé tout entier dans sa mer de lumière,
Bien au-dessus, bien au-dessus du paysage.
Flambez, ma joie, ardente et ivre,
Ma joie de vivre sous le ciel!

Et puis qu'importe! Un soleil d'or
S'allume aux fleurs de la prairie,
Un soleil d'or, comme un décor,
Magnifiant les fleurs de vie dans la prairie.
Flambez, ma joie, ma joie ardente et ivre
Ma joie de vivre sous le ciel!

Et puis qu'importe tout! Qu'importe ombre ou soleil?
Qu'importent fleurs en joie ou désert triste?
J'existe!

GEORGES RENCY.

LA FLEUR DU BERGER

Conte des frères Grimm

UNE sorcière avait deux filles. Elle en aimait beaucoup l'une, sa propre fille, qui était laide et méchante; mais l'autre, sa belle-fille, qui était bonne et parfaitement bien tournée, elle la détestait.

Un jour, la jolie sœur reçut en cadeau, de son fiancé, un tablier fort coquet et qui lui seyait à ravir. L'autre en fut si jalouse qu'elle dit à sa mère :

« Ma mère, ma mère, je veux avoir ce tablier. Il me le faut!

— Bon, lui répondit la vieille, ne te chagrine pas, tu l'auras. D'ailleurs, il y a longtemps que ta sœur devrait être morte. Aussi, cette nuit, tandis qu'elle dormira, je veux aller lui couper la tête. Prends donc soin de te coucher au fond du lit et de la mettre sur le bord. »

Ce qu'elle complotait serait arrivé si la pauvre enfant, heureusement cachée dans un coin de la chambre, n'avait tout entendu sans qu'on la vît.

N'osant s'enfuir, elle fit semblant de rien durant la journée, et l'heure d'aller au lit arriva. Elle laissa alors sa méchante sœur y entrer la première, se coucher au fond et s'endormir profondément ; puis elle la poussa au bord et prit sa place dans la ruelle.

A minuit, voilà la sorcière qui entre dans la chambre, tenant une hache à la main droite. De l'autre, en tâtonnant, elle sent dans les ténèbres comment est placée celle qu'elle veut tuer ; et saisissant son arme à deux mains, d'un coup, han ! elle lui coupe la tête.

C'était la tête de sa propre enfant. Mais elle n'en savait rien et elle regagna son lit en riant d'avoir si tôt et si proprement fait.

Dès que la vieille eut disparu, la pauvre fille échappée à la mort se leva sans bruit et courut à la maison de son fiancé, son bien-aimé Roland. Elle frappa à la porte, il vint lui ouvrir.

« Oh ! cher Roland, il nous faut prendre la fuite au plus vite, lui dit-elle sans reprendre haleine. Ma belle-mère, cette nuit, en voulant me tuer, a coupé par méprise le cou à sa propre fille. Mais quand il fera jour et qu'elle découvrira son œuvre, nous sommes perdus si elle nous trouve.

— Oui, dit Roland, mais avant de partir, il faut pourtant que tu lui enlèves sa crossette de sorcière ; sinon, nous serons tôt rattrapés, si vite que nous allions. »

La jeune fille, en tremblant, s'en retourna prendre le bâton. Elle emporta aussi la tête coupée d'où trois gouttes de sang tombèrent : une sur le lit, une sur l'escalier et une sur les carreaux de la cuisine ; et elle se hâta de rejoindre son bon ami.

Au matin, voilà la sorcière qui se lève. Bon, elle appelle sa fille et lui crie de vite se lever, qu'elle a pour elle le joli tablier. Mais pas de fille.

« Où donc es-tu ? crie la mère.

— Ici ; je balaie l'escalier, » répond la première goutte de sang.

La vieille monte là d'où vient la voix, mais elle a beau cherchei, elle ne voit personne sur les marches. Elle crie de nouveau :

« Où es-tu ?

— Ici, dans la cuisine ; je me chauffe, » répond la deuxième goutte de sang.

La sorcière redescend, mais ne·trouvant non plus personne près du poêle, elle se met en colère.

« Où es-tu? crie-t-elle encore.

— Ici, dans mon lit, » répond la troisième goutte de sang.

La vieille va à la chambre et s'approchant du lit, que voit-elle ? Sa propre enfant baignant dans son sang et à qui elle-même avait coupé la tête pendant la nuit.

Dans une rage terrible, elle courut à la fenêtre d'où elle voyait jusqu'à une grande distance à la ronde et découvrit bientôt sa belle-fille et Roland qui fuyaient.

« Ah ! n'essayez pas de m'échapper, vous deux, cria-t-elle. Si loin que vous soyez, je vous rattraperai toujours. »

Passant ses souliers d'une lieue, à l'aide desquels elle franchissait une heure de chemin en une enjambée, elle les eut vite rejoints. Mais la jeune fille l'avait vue approcher ; elle toucha son ami Roland du bâton magique et, du coup, le changea en un étang au milieu duquel, sous forme de canard, elle se mit elle-même à nager.

La sorcière eut beau lui jeter morceaux de pain sur morceaux de pain et l'appeler d'une voix mielleuse et dire : « Cani, cani, cani ! » et se donner mille peines, elle ne put l'attraper ; et le soir venu, elle dut s'en retourner toute seule et la rage au cœur.

Les deux fuyards reprirent leurs formes naturelles dès qu'elle eut disparu. Ils se remirent en route et marchèrent jusqu'à la pointe du jour. Alors, de sa baguette, la jeune fille changea son ami Roland en joueur de violon et, sous l'aspect d'une fraîche fleur fleurie, elle se cacha au milieu d'une haie d'épines.

La sorcière ne tarda pas à se montrer.

« Cher joueur de violon, dit-elle, me permets-tu de cueillir cette jolie fleurette ?

— Comment donc, répondit celui-ci, mais volontiers ! Et je vous jouerai même, parce que c'est vous, un joyeux air de mon violon, au surplus. »

La vieille désirait ardemment cette fleur, qui cachait elle savait bien qui. Mais juste comme elle avançait la main pour la saisir, le violoneux commença un air qui, à l'instant, l'obligea de danser. Car son violon était enchanté, et plus vite il en jouait, plus haut devait sauter la vieille et plus rapidement elle devait danser, au milieu de la haie et des épines aiguës. Ses vêtements furent bientôt en loques et sa peau déchirée en lambeaux ; et comme le violon ne s'arrêtait pas, par le pouvoir de l'enchantement, il lui fallut danser jusqu'au bout de ses forces. Enfin, n'en pouvant plus, elle tomba morte pour toujours.

Ils étaient libres et Roland dit à la jeune fille :

« Moi, à présent, je m'en retourne à la maison de mon père, arranger tout pour notre mariage.

— Bien, dit-elle. Je t'attendrai ici. Pour qu'aucun autre que toi ne me voie, je prendrai la forme de cette pierre rouge au bord du champ. »

Elle en fit comme elle disait et Roland s'en alla. Cependant, rentré chez lui, il rencontra une fillette qui le fascina si doucement qu'il oublia sa première fiancée. En vain la pauvre abandonnée l'attendit bien longtemps. Quand elle comprit que l'infidèle ne reviendrait plus la chercher, elle se changea en une fleur qui poussait au bord de la route.

« Peut-être passera-t-il par ce chemin avec une autre à son bras, pensait-elle de son bien-aimé. Ah! je serais déjà heureuse s'il m'écrasait de ses pieds. »

Un berger, qui gardait les moutons dans les prés voisins, vit un jour cette fleur, et la trouvant si jolie, avec un air si tendre et un parfum si doux, il la cueillit et la porta dans sa cabane où il l'enferma dans son armoire.

Dès cet instant, il n'arriva plus chez le berger que des choses merveilleuses. Au matin, quand il se levait, la besogne était terminée, la chambre balayée, la table et les chaises frottées et le poêle allumé. Quand il rentrait pour dîner, à midi, la nappe était mise et un repas fumait dans les assiettes. Cela l'intriguait ; mais il eut beau faire, et se cacher derrière les meubles pour surprendre qui l'aidait ainsi, il ne trouva personne dans la cabane.

Ces soins empressés ne laissaient pas de beaucoup lui plaire, et pourtant il commença peu à peu de se sentir mal à l'aise. Il alla s'en ouvrir à une bonne femme réputée pour ses conseils pleins de sagesse.

« Certainement, certainement, opina-t-elle, il y a du sortilège là-dessous. Tiens-toi donc éveillé un matin ou l'autre et fais attention à ce qui se passera à tes côtés. Si quelque objet, n'importe quoi, se met à bouger dans la chambre, lève-toi et jette un drap blanc par-dessus ; l'enchantement sera détruit. »

Le berger rentra chez lui et le lendemain, à la pointe du jour, il s'éveilla. Doucement, alors, il vit s'ouvrir son tiroir et une fleur en sortir. Il bondit vers elle, la couvrit d'un linge blanc et, du coup, une belle jeune fille surgit devant lui.

Elle avoua au berger que sous la forme d'une fleur, c'était elle qui avait pris soin de sa maison durant ces jours derniers. Puis elle raconta son histoire. Le berger en fut si ému et il éprouva tant de plaisir à la contempler, qu'il lui demanda tout de suite de consentir à devenir sa femme. Mais elle lui dit non et qu'elle voulait rester fidèle à son bien-aimé Roland, encore qu'il l'eût oubliée. Pourtant, elle lui promettait de continuer à rester près de lui et garder sa maison le plus soigneusement et le plus diligemment qu'elle pourrait.

C'est ainsi que vint le mariage de Roland. Or, c'est une vieille coutume, en ce pays-là, que les jeunes filles du village se réunissent devant le couple qui se marie et célèbrent ses noces par des chants.

La pauvre jeune fille avait senti son cœur se briser en sa poitrine à la nouvelle du mariage de son bien-aimé. Elle refusa d'abord de suivre ses compagnes à la cérémonie ; mais à la fin, celles-ci parvinrent à l'emmener.

Son tour vint de chanter sa chanson. Alors elle recula de quelques pas pour se mettre derrière les autres et cacher un peu sa douleur, car elle n'avait pas la force de faire autrement.

Dès que son chant, qui pleurait et tremblait, arriva aux oreilles de Roland, celui-ci pâlit et s'écria :

« Je connais cette voix ! C'est celle de ma vraie fiancée, de ma bien-aimée. Je n'en aime pas d'autre ; je ne veux pas d'autre épouse. »

Et tous les anciens souvenirs des jours passés qu'il avait oubliés se relevèrent subitement dans son cœur.

Ainsi eut lieu le mariage de la fidèle jeune fille avec son bien-aimé Roland. Ses pleurs étaient finis, son bonheur commençait.

Louise et Louis Delattre, traduct.

LETTRE PARISIENNE

POUR user d'un cliché célèbre, « à l'heure où paraîtront ces lignes », les lampions auront fini de brûler à Paris, et les galas auront vécu. Mais à l'heure où j'écris cette correspondance, que l'on m'invite à recommencer au *Coq Rouge*, l'indécente comédie n'est pas encore jouée, on s'y apprête — et vraiment je ne puis parler que de cela. Il n'y a rien à dire sur la littérature pour l'instant, et d'ailleurs la littérature, ceux qui l'honorent, ceux qui la gâtent, c'est bien peu de chose en ce moment : tous, nous sommes portés sur un flot humain, et il est nauséabond, et nous ne pouvons y échapper. Le bain de boue est universel : parlons de cette immersion forcée. Au surplus, y a-t-il des choses à dire, sinon pour l'utilité, du moins pour l'honneur : et comme la liberté de la presse interdit à Paris les opinions indépendantes, ce me sera un recours précieux que de trouver ici l'occasion de parler.

L'aventure franco-russe se présente, pour qui n'est pas dévoué au génie de M. Hanotaux et à la gentilhommerie d'Arthur Meyer, sous deux aspects distincts. Le premier est ridicule, le second est odieux. Cette farce se joue simultanément sur deux scènes. La scène la plus criardement éclairée est en France, à Cherbourg, à Paris, à Versailles. La seconde scène est peu éclairée, la distance l'assombrit encore, c'est un théâtre de drame — c'est l'Arménie. Entre ces deux spectacles, une comédie financière occupe l'entr'acte : l'emprunt russe arrangé par Rothschild, à la boutonnière duquel l'Aigle-Blanc est venu préalablement se fixer, gage de bonne négociation.

Le titulaire actuel de l'héritage des Romanoff, race de bouchers, de fusilleurs, de fous et de tyranneaux, promène depuis deux mois à travers l'Europe l'insolence d'un voyage de noces protégé par sa police et réglé par ses chambellans. Toute la politique française depuis 1871 semble n'avoir abouti qu'à une espérance : acheter à bon prix un soutien sérieux. Soutien : dans le monde des filles s'assurant un appui, on prononce souteneur. Cette attitude d'expédient est devenue le fond de la diplomatie. On compte donc que les finances françaises paieront — et on a raison, puisqu'après Cronstadt on paya, et aussi après Toulon, et qu'on paiera après cette cérémonie dernière. Mais ce versement n'est que le dessous pratique de l'affaire : c'est entendu, on est discret, on n'en parle pas. L'accueil extérieur occupe seul la foule : et l'on dirait que la France devient démente. C'est un réveil effarant des sentiments les plus pénibles : la platitude dépasse ce qu'on eût imaginé. La lecture des journaux est inouïe. Ce que les gazettes, depuis deux mois, contiennent de propositions saugrenues, inconvenantes, bouffonnes, est véritablement impossible à dénombrer. Le sentiment dominant, c'est que tous cherchent à faire oublier au Tsar qu'il vient visiter une République. Pas un instant on ne songe au contraire à garder correctement les distances entre le régime qu'il incarne et le nôtre. On croirait que Marianne semble indécente à tous ceux qui vivent d'elle. On n'ose présenter cette vierge de cuisine à la Tsarine, on veut dissimuler le bonnet phrygien en présence de la couronne. Des vaudevilles naissent de cette fausse pudeur. On agite sérieusement la question de donner à M Félix Faure un uniforme de général, afin qu'il n'ait pas l'air d'un maître d'hôtel. On voit les bourgeoises, femmes de fonctionnaires bourgeois, réclamer des manteaux de cour, et l'on est obligé de leur faire observer — avec quel regret ! — qu'il n'y a plus de cour dans la République française !

Du côté décoratif, l'invention est irrésistiblement drôle. Le génie des artificiers et des tapissiers s'affole à l'idée de faire grand, et propose de mettre des fleurs en papier sur les arbres, puisque l'ingrate nature se refuse à les fleurir en octobre en l'honneur des Russes ! Les lampions changent de forme ; on gratte, on cloue, on se livre au délire du provisoire. Tout le monde veut sa part de gloriole, chaque corps de métier souhaitant-être présenté, congratulé, mis en relief. Les étudiants réclament, les cyclistes s'interrogent, les dames de la Halle voudraient bien... Le camelot est prospère. On vend des emblèmes ridicules, le portrait de la Tsarine traîne chez le marchand de vin, des affiches bariolées montrent le Tsar, en uniforme français, salué par nos troupes et nos drapeaux. Au milieu de tous les projets emphatiques qu'on lui présente, l'hôte étranger choisit, ses secrétaires dictent ses volontés, refusent ceci, corrigent cela ; la morgue impériale s'épanouit de la soumission républicaine. Les agents de police pétersbourgeois veilleront eux-mêmes à la sûreté du maître dans le pays ami ; il commande ses menus, règle les distractions qu'on lui offrira. La confiance est si délicatement grande qu'il aura ici son train : un mois d'avance, cette lourde prison roulante, dûment blindée, essaie les voies ferrées qu'on répare, qu'on farcit de soldats et de sbires. Jamais enthousiasme ne fut si rudement réglementé : la baïonnette intervient partout ; le ministère, passivement, s'incline. L'empereur fait à son bon plaisir. Il n'est pas encore là, mais de loin on le sent, ses ordres arrivent, comme arrivaient ceux de Napoléon jadis à Berlin ou à Vienne.

Et il y aura des attractions, hormis les pétards et les fusées ! Le malingre Nicolas, jouant les Pierre-le-Grand, viendra voir l'Académie en séance ; il y aura discours de M. Legouvé et compliment de M. Coppée sur papier à fleurs. Et il y aura aussi compliment de M. Claretie, présentant avec sa grâce melliflue sa troupe de cabotins. Le Tsar ne s'ennuiera pas parmi ces grotesques, dont les métaphores sauront cajoler à souhait sa roideur d'invité tout-puissant. Et les harangues politiques seront... ce que nous savons. On aura du tact. M. Claretie ne parlera pas du décret de Moscou, les cortèges éviteront le boulevard de Sébastopol, Marianne s'habillera convenablement, mettra des gants. Tout cela est comique, bête, coûteux et pas très fier, mais on peut en prendre son parti. C'est la face amusante des choses, la mascarade d'une politique d'expédients et d'un régime galvaudé qui ne croit plus en lui-même.

La face tragique et honteuse de la situation, c'est le silence convenu de la diplomatie européenne, et particulièrement la tacite acceptation de la France, au sujet des massacres d'Arménie. L'odeur de sang monte désagréablement au milieu des banquets. L'acceptation du Tsar vis-à-vis de l'alliance, c'est la condition du laissez-faire là-bas. « Couvrez notre emprunt, recevez-nous, inclinez-vous, et nous vous gardons protection : mais en échange, en clause expresse, taisez-vous sur ce qui se passe en Orient. Nous avons besoin qu'un peuple périsse; ne mettez pas le nez dans nos affaires. » Tel est, débarrassé des formules alambiquées, le mot d'ordre catégorique que la chancellerie russe donne sèchement à la chancellerie française. Les Arméniens gênent la politique de nos amis : il serait bon qu'ils fussent supprimés. En attendant que les Turcs soient délogés par lui de Constantinople, le Cosaque les juge aptes à cette besogne de débarras. Il ne met pas lui-même la main à l'ouvrage, mais il laisse opérer, sous le couvert de son indifférence calculée. Et soixante mille hommes déjà ont été égorgés. « L'ordre règne. » C'est le fameux mot de cette politique russe si lucidement abominable. S'il ne règne pas encore là-bas, il règnera : les morts sont calmes ! La boucherie est confiée à la race la plus aveuglément féroce et brute qui soit en Europe : les étals regorgent de monceaux de cadavres déchiquetés. On tue, on fusille, on brûle, on hache, on pend vieillards, femmes et enfants pour le plus grand bénéfice de la diplomatie moscovite. Personne ne bouge.

Les escadres stationnent là-bas pour la forme, mais tout le monde sait à quoi s'en tenir sur les causes de l'extermination. Les premiers jours, nos officiers recueillaient à bord les fugitifs. Cet élémentaire esprit d'humanité est encore jugé superflu et gênant ; les consuls russes, sur instructions du cabinet de Pétersbourg, insinuent à nos commandants de vaisseaux qu'il plairait en haut lieu qu'on réprimât ces interventions des témoins ; et on engage doucement nos marins écœurés à ne se mêler de protection qu'à la dérobée. L'assassinat d'une nation s'accomplit avec l'assentiment des civilisés. « Ce qui nous répugne dans cette histoire, écrit un officier présent, c'est de voir dans la presse, dans les grands journaux qui nous parviennent ici, à quel point la falsification des dépêches peut atteindre, à quel point le mensonge et l'altération systématique des faits selon un mot d'ordre bafouent insolemment la vérité sinistre que nous avons sous les yeux. C'est à démissionner pour ne pas en voir davantage. » Les journaux insèrent passivement des communiqués officiels et des télégrammes travestis. Par respect pour les tout-puissants alliés, on se tait. Cette affaire d'Arménie est un chef-d'œuvre de perfidie, de bassesse et d'horreur : tout le vice des systèmes politiques actuels s'y révèlera pour l'historien avec une saisissante netteté.

Et M. Hanotaux, les mains liées, admet comme les autres. Et le terrible petit autocrate, le Tsar blanc aux épaules chétives, pour le règne et le bénéfice de qui s'accomplit l'ignominie d'Orient, le Tsar chargé de sang comme tous ses prédécesseurs, le chef des Barbares en somme, vient à Paris, paisiblement en apparence, en réalité dans des wagons blindés et parmi une armée d'argousins. Et à présent négociez-vous, emprunts, résonnez, harangues, brûlez, feux d'artifice, épanouissez-vous, ripaille publique, sottises, congratulations des gazettes ! L'Arménie est si loin ! Il vaut mieux n'en pas parler ! Ces Arméniens ne sont pas intéressants ; on les ignore ; ce sont des trouble-fête, après tout. Et Paris s'amuse, s'endimanche, et M. Arthur Meyer, et M. Xau, et quelques autres notoires traitants de publicité s'ingénient à enguirlander la dynastie des Romanoff, et la comédie de l'alliance couvre la sale réalité de l'emprunt et l'atroce réalité du massacre. Le cabotinage atteint son comble ; le peuple, appâté par l'occasion du commerce, chauffé par la réclame, excité par les uniformes et les landaus, court à l'exhibition officielle comme à un cortège de carnaval ; à peine si quelques caricatures vaillantes, les efforts de quelques journaux d'opposition, la voix généreuse et d'ailleurs étouffée d'un Paul Adam, font un faible contrepoids à cette ruée. C'est là ce qu'il faut que nous endurions sans pouvoir rien dire. Et quelque faible que soit le chauvinisme, on se sentirait quand même énervé en comparant l'adulation de la France présente à certaines heures nobles de jadis, si la pensée ne s'élargissait pas, si l'on n'était pas avant tout révolté de songer que toutes ces singeries de diplomates, ces salamalecs et ces inconséquences ne sont que le prix du sang. Nous nous croyons très loin des rois Scythes ou des boucheries d'un Cambyse ou d'un Timour! Le sociologue sourit et songe....

Et comment vous étonneriez-vous que je ne parle pas littérature en cette lettre, première d'une série nouvelle, que je ne vous raconte pas les projets de M. Antoine ou de M. Lugné-Poe, la dernière facétie de M. Zola ou de M. Coppée, que je ne vous entretienne pas du récent ouvrage de M. Marcel Schwob ou de M. Rosny? Il y a ici un drame, une comédie-bouffe, une psychologie qui va autrement loin que la littérature, et si vous le voulez bien, nous plaisanterons ou nous serons touchés d'art un autre jour — un jour où l'immonde Vie moderne, de lucre, de bassesse, de cynisme et de sang, apparaîtra moins obsédante dans le silence du pays des songes.

CAMILLE MAUCLAIR.

3 octobre 1896.

TÉRENCE :

PHORMION

TRADUCTION LITTÉRALE (Suite et fin).

Acte V.

SCÈNE VI (841-883).

(*Suite.*)

GÉTA. Là, j'en apprends une bien bonne, si bien que, par Hercule !
j'ai failli crier de joie.

ANTIPHON. Laquelle ?

GÉTA. Que penses-tu que c'était ?

ANTIPHON. Je l'ignore.

GÉTA. Eh bien ! Tout ce qu'il y a de merveilleux : il s'est trouvé
que ton oncle est le père de Phanium, ta femme !

ANTIPHON (*ahuri*). Tu dis ?

GÉTA. Jadis il a eu des relations avec la mère, à Lemnos, en
cachette.

PHORMION (*incrédule*). Tu rêves : comment ne connaîtrait-elle pas
son père ?

GÉTA. Crois bien, Phormion, qu'il y a un motif à cela ; mais
t'imagines-tu que j'aie pu, derrière la porte, comprendre tout ce dont
ils ont parlé entre eux à l'intérieur ?

ANTIPHON. Et moi aussi, j'ai déjà eu vent de cette histoire.

GÉTA. Eh bien ! Voici qui te fera croire davantage : dans l'inter-
valle, ton oncle sort de cette maison ; un moment après il y rentre
avec ton père ; ils disent tous deux qu'ils te donnent pleine liberté
de la garder. Bref, on m'a envoyé, pour te chercher et t'amener ?

ANTIPHON (*excité*). Mais entraîne moi donc ; pourquoi tarder ?

GÉTA. Sitôt dit, sitôt fait.

ANTIPHON (*serrant avec effusion la main de Phormion*). Mon cher
Phormion, adieu.

Phormion. Adieu, Antiphon. Par tous les dieux, l'affaire a bien marché : j'en suis heureux. (*Antiphon et Géta entrent chez Démiphon.*)

SCÈNE VII (884-893).

PHORMION.

Quel heureux hasard s'est offert à eux, tout d'un coup ! Me voici la plus belle occasion d'attraper les deux vieux, d'enlever à Phédria ses soucis d'argent et de le dispenser de supplier encore un de ses amis ; car c'est à lui qu'ira ce même argent, malgré eux, tout comme ils me l'ont donné. La tournure que l'affaire a prise m'a fourni le moyen de le leur arracher. Il me faut maintenant prendre un nouveau rôle et un nouveau visage... Mais je m'en vais d'ici dans cette ruelle toute proche ; c'est de là que je me montrerai à eux, dès qu'ils seront dans la rue. Quant à l'endroit où j'avais feint d'aller, au marché, je n'y vais pas. (*Exit.*)

SCÈNE VIII (894-989).

DÉMIPHON — CHRÉMÈS — PHORMION.

Démiphon et Chrémès sortent de la maison du premier. Ils s'avancent au premier plan ; bientôt après Phormion traverse la scène derrière eux.

Démiphon. Je dois et je rends à juste titre grandes grâces aux dieux, mon frère, de ce que les choses ont si heureusement tourné pour nous.

Chrémès. N'est-elle pas distinguée, comme je l'ai dit ?

Démiphon. Absolument... Il nous faut à présent trouver Phormion au plus tôt, pour lui enlever nos trente mines avant qu'il les gaspille.

Phormion (*feignant de ne pas les voir et frappant à la porte de Démiphon*). Je vais trouver Démiphon, s'il est chez lui, pour...

Démiphon (*touchant Phormion à l'épaule*). Mais nous allions chez toi, Phormion.

Phormion. Pour la même affaire, peut-être ?

Démiphon. Ma foi, oui.

Phormion (*avec une amertume feinte*). Je le pensais bien. Pourquoi alliez-vous chez moi ? C'est une plaisanterie. (*Agressif.*) Vous pensiez que je n'exécuterais pas ce que j'aurais une fois entrepris? Holà ! Pour grande que soit ma pauvreté, je n'ai pourtant eu jusqu'ici d'autre souci que de garder mon honneur ; et je viens justement t'annoncer, Démiphon, que je suis prêt : dès que vous voudrez, donnez-moi l'épouse ; car j'ai laissé de côté, comme de juste, toutes mes affaires, lorsque j'ai constaté que vous y teniez si fort.

DÉMIPHON. Mais celui-ci m'a détourné de te la donner : « Quelle sera, m'a-t-il dit, la clameur du public, si tu fais cela? Quand on a pu naguère la marier honnêtement, on ne l'a pas mariée ; il serait honteux maintenant de la chasser. » A peu près tout ce que toi-même tout à l'heure me reprochais en face.

PHORMION. Vous vous moquez de moi avec assez d'insolence.

DÉMIPHON. Comment ?

PHORMION. Tu le demandes? Parce que je ne pourrai pas même épouser l'autre : de quel air retournerais-je auprès d'une femme que j'ai dédaignée?

CHRÉMÈS (*bas à Démiphon*). « Puis, je vois qu'Antiphon se séparerait d'elle à regret. » Dis-lui cela.

DÉMIPHON. Puis, je vois que mon fils se séparerait de cette femme sûrement à regret. Mais passe, je t'en prie, au forum, et donne ordre, Phormion, qu'on me crédite de cet argent.

PHORMION. De l'argent que j'ai réparti entre mes créanciers?

DÉMIPHON. Que faire alors ?

PHORMION (*solennel*). Si tu veux me donner la femme que tu m'as promise, je l'épouserai ; mais si c'est que tu préfères, Démiphon, la voir demeurer chez toi, la dot doit rester ici (*il se frappe la poitrine*) ; car il n'est pas juste que je sois votre dupe, moi qui, par considération pour vous, ai signifié mon refus à l'autre, laquelle m'apportait la même dot.

DÉMIPHON (*éclatant*). Vas-tu t'aller faire pendre, avec tes grands airs, vagabond? Est-ce que tu t'imagines toujours qu'on ne te connaît pas ou qu'on ignore tes exploits ?

PHORMION. Je me fâche.

DÉMIPHON. L'épouserais-tu, si on te la donnait?

PHORMION. Fais-en l'essai.

DÉMIPHON. Pour que mon fils aille la voir chez toi ? C'était là votre plan !

PHORMION. Je t'en prie, qu'est-ce que tu racontes là ?

DÉMIPHON. Voyons, rends-moi l'argent.

PHORMION. Mais donne-moi la femme, toi.

DÉMIPHON (*lui prenant le bras*). Viens devant les juges.

PHORMION. Sûrement, si vous continuez à me molester...

DÉMIPHON. Que feras-tu?

PHORMION. Moi? Vous croyez peut-être que je ne patronne que des femmes sans dot ; je sais aussi défendre celles qui en ont une.

CHRÉMÈS (*jouant l'indifférence*). Que nous importe ?

PHORMION (*ironique*). En rien. (*Très haut.*) Je connaissais ici une certaine dame dont le mari...

CHRÉMÈS (*alarmé*). Hein ?

DÉMIPHON. Qu'y a-t-il?

PHORMION. ... avait une femme à Lemnos,...

CHRÉMÈS (*désespéré*). Je suis mort !...

PHORMION. ... dont il eut une fille ; il l'élève en cachette.

CHRÉMÈS. ... et enterré !

PHORMION. Je m'en vais, sans plus, le lui raconter.

CHRÉMÈS. Je t'en supplie, n'en fais rien.

PHORMION (*d'un ton de surprise ironique*). Comment ? C'était toi ce mari ?

DÉMIPHON (*rageur*). Comme il joue bien son jeu!

CHRÉMÈS. Nous te tenons quitte.

PHORMION. Chansons !

CHRÉMÈS. Que te faut-il ? L'argent que tu détiens, nous te l'abandonnons.

PHORMION. J'entends. Mais, diantre! pourquoi donc vous moquez-vous ainsi de moi, sots que vous êtes, avec vos résolutions d'enfant : « Je ne veux pas, je veux ; puis de nouveau, je veux, je ne veux pas ; prends, restitue ; ce qui a été dit est non avenu; ce qui était convenu tout à l'heure, ne l'est plus. »

CHRÉMÈS (*à part*). Comment et de qui a-t-il pu l'apprendre ?

DÉMIPHON (*à part*). Je l'ignore. Mais je sais positivement que je n'en ai dit mot à personne.

CHRÉMÈS (*à part*). Les dieux me soient en aide ! Cela tient du prodige !

PHORMION (*à part, d'un ton satisfait*). Je les ai mis mal à l'aise.

DÉMIPHON (*à part à Chrémès*). Comment? Il nous prendrait tout cet argent et se moquerait de nous avec ce sans-gêne ? Par Hercule, plutôt mourir ! Songe à te montrer viril et résolu : tu vois que ta faute a été divulguée et que tu ne peux plus la cacher à ta femme. Maintenant, Chrémès, le meilleur moyen de l'apaiser est que nous lui disions nous-mêmes ce qu'elle apprendrait d'autres; après cela nous pourrons à notre guise nous venger de cette canaille.

PHORMION (*à part*). Eh! mais! je m'enfonce, si je ne prends garde à moi. Ces gens-là pensent à m'attaquer avec une férocité de gladiateurs !

CHRÉMÈS. Mais j'ai bien peur qu'on ne puisse l'apaiser.

DÉMIPHON. Aie bon courage : je saurai vous réconcilier, Chrémès, en m'appuyant sur ce fait que la femme dont tu as eu cette fille a quitté ce monde.

PHORMION *(qui a surpris leur conversation)*. C'est ainsi que vous en agissez avec moi ? Vous attaquez avec assez d'adresse ! Par Hercule ! Ce ne sera pas pour le bien de ton frère, Démiphon, que tu m'auras provoqué. *(A Chrémès.)* Et toi, à quoi penses-tu ? Après avoir à l'étranger contenté tes caprices et oublié le respect dû à cette femme si bien née, jusqu'à lui faire un affront inouï, tu arriverais à présent pour réparer ta faute à force de prières ?... Au récit de tes fredaines, je vais si bien l'enflammer contre toi que toutes tes larmes n'éteindront pas le feu de sa vengeance.

DÉMIPHON *(rageur)*. Malheur ! Puissent tous les dieux et déesses le confondre ! Un homme peut-il être possédé d'une pareille impudence ? Dire que ce scélérat n'est pas transporté loin d'ici, aux frais de l'État, dans des terres désertes !

CHRÉMÈS. J'en suis réduit à ne savoir réellement que devenir avec lui.

DÉMIPHON *(violent)*. Je le sais bien, moi : allons devant les juges.

PHORMION. Devant les juges? *(Montrant la maison de Chrémès.)* Par ici, s'il vous plaît.

CHRÉMÈS *(à Démiphon)*. Cours-lui après, retiens-le, pendant que j'appelle mes esclaves.

DÉMIPHON. Mais je ne puis pas seul ; accours.

PHORMION *(luttant)*. Une première plainte contre toi, pour voies de fait !

DÉMIPHON. Vas-y, accuse-moi.

PHORMION. Une seconde plainte contre toi, Chrémès.

CHRÉMÈS. Traîne-le !

PHORMION. C'est là votre plan? A coup sûr il me faut donner de la voix : Nausistrata, arrive !

CHRÉMÈS. Ferme-lui la bouche, à cette canaille !... Vois donc, comme il est fort !

PHORMION *(criant)*. Nausistrata, dis-je.

DÉMIPHON. Veux-tu bien te taire ?

PHORMION. Me taire ?

DÉMIPHON. S'il ne suit pas, mets-lui tes poings dans le ventre.

PHORMION. Crève-moi un œil, si tu veux : je sais où prendre ma revanche, et joliment !

SCÈNE IX (990-1055).

NAUSISTRATA — CHRÉMÈS — DÉMIPHON — PHORMION.

NAUSISTRATA (*sortant de chez elle*). Qui prononce mon nom ? (*Voyant qu'il s'est passé quelque chose d'extraordinaire.*) Eh bien ! mon mari, je t'en prie, pourquoi ce tapage ?

PHORMION (*moqueur, à Chrémès*). Voyons, pourquoi demeures-tu là tout interdit ?

NAUSISTRATA (*à Chrémès*). Qui est cet homme ?... (*Un temps.*) Tu ne me réponds pas ?

PHORMION. Qu'il te réponde, lui qui ne sait, par Hercule ! où il en est ?

CHRÉMÈS (*à sa femme*). Garde-toi de le croire en rien.

PHORMION (*à la même*). Va, touche-le ; tue-moi, s'il n'est pas froid comme marbre.

CHRÉMÈS. Ce n'est rien.

NAUSISTRATA. Mais enfin ? Que raconte cet homme ?

PHORMION. Tu vas le savoir : écoute.

CHRÉMÈS. Tu vas encore le croire ?

NAUSISTRATA. Je t'en prie, comment le croirais-je, lui qui n'a rien dit ?

PHORMION. Le pauvre homme radote de frayeur.

NAUSISTRATA. Par Pollux ! Ce n'est pas sans motif que tu as si peur !

CHRÉMÈS. Moi, peur ?

PHORMION (*ironique*). Très bien, en vérité : puisque tu n'as pas du tout peur, et que ce que je dis n'est rien non plus, parle, toi.

DÉMIPHON. Canaille ! Qu'il le raconte pour toi ?

PHORMION (*avec mépris*). Holà ! toi, tu as bien travaillé pour ton frère !

NAUSISTRATA. Mon mari, ne me diras-tu pas...

CHRÉMÈS. Mais...

NAUSISTRATA. Pourquoi ce mais ?

CHRÉMÈS. Il est inutile que je te dise...

PHORMION. Inutile, pour toi sans doute ; mais il faut qu'elle sache. A Lemnos...

NAUSISTRATA. Hein ? Que dis-tu ?

CHRÉMÈS. Te tairas-tu ?

PHORMION. ... à ton insu...

CHRÉMÈS. Malheur à moi !

PHORMION. ... il a épousé une femme...

NAUSISTRATA. Mon pauvre homme ! Que les dieux nous préservent !

PHORMION. C'est la pure vérité !

NAUSISTRATA. Malheureuse !... Je me meurs !

PHORMION. Et il a eu d'elle une fille déjà, pendant que tu dormais.

CHRÉMÈS *(avec terreur, à Démiphon)*. Qu'allons-nous faire ?

NAUSISTRATA *(indignée)*. Par les dieux immortels ! C'est un acte déplorable et criminel !

PHORMION. Voilà ce qu'il a fait.

NAUSISTRATA *(même jeu)*. A-t-on jamais commis acte plus scandaleux ?... Les voilà bien, ceux-là qui vous deviennent des vieillards quand il s'agit de leurs femmes ! Démiphon, j'en appelle à toi, car je suis écœurée de parler à cet homme : c'était cela ces fréquents voyages et ces longs séjours à Lemnos ? C'était cela cette baisse des prix qui diminuait nos revenus ?

DÉMIPHON. Nausistrata, je ne nie pas qu'il ait commis une faute en cette affaire, mais pourquoi serait-elle impardonnable ?

PHORMION. Autant parler à un mort.

DÉMIPHON. Ce n'est pas par indifférence ni par aversion pour toi qu'il l'a fait. Il y a environ quinze ans, étant pris de vin, il s'est oublié avec une femme, de qui est née cette fille, et depuis lors il n'a jamais plus eu de rapports avec elle. Elle est morte : avec elle a disparu toute cause d'embarras. Aussi je te prie de montrer encore ici la patience que tu as eue en d'autres occasions.

NAUSISTRATA. Comment ? De la patience ? Je souhaite, malheureuse, que ce soit la fin ; mais comment l'espérer ? Puis-je croire que l'âge le rendra moins fou dorénavant ? Alors déjà c'était un vieillard, si c'est la vieillesse qui rend les hommes réservés. Ma beauté et mon âge ont-ils aujourd'hui plus d'attraits, Démiphon ? Quelle garantie me donnes-tu ici qui me fasse attendre ou espérer que cela n'arrivera plus ?

PHORMION *(au public, avec une voix de crieur)*. Funérailles de Chrémès ! Pour qui veut y assister, allons, c'est le moment ! *(Montrant Chrémès anéanti.)* Voilà comme je me venge. Venez-y maintenant, attaquez-vous à Phormion, si l'envie vous en prend : je vous assommerai mon homme par un châtiment tout pareil.

DÉMIPHON... (1).

---

(1) Lacune probable.

PHORMION (*avec une pitié méprisante*). Oui, qu'il rentre en faveur auprès d'elle : ma vengeance me suffit. Sa femme a de quoi lui chuchoter sans cesse à l'oreille jusqu'à la fin de ses jours.

NAUSISTRATA (*avec une amère ironie*). Mais on dirait que je l'ai mérité, je crois. Pourquoi te rappellerais-je en détail, Démiphon, quelle femme j'ai été pour lui ?

DÉMIPHON. Je sais tout cela comme toi.

NAUSISTRATA. Cette façon de me traiter semble-t-elle méritée ?

DÉMIPHON. Pas le moins du monde. Mais puisque récriminer ne peut faire que cela ne soit point, pardonne : il supplie, il avoue, il s'excuse ; que veux-tu de plus ?

PHORMION (*à part*). Mais avant qu'elle lui donne son pardon, il me faut veiller à Phédria et à moi. (*Il s'approche.*) Ohé ! Nausistrata, avant de lui répondre à la légère, écoute.

NAUSISTRATA. Qu'est-ce ?

PHORMION. J'ai soutiré à celui-là, par un tour, trente mines ; je les ai remises à ton fils, et lui les a données à un marchand pour prix de sa maîtresse.

CHRÉMÈS (*furieux*). Hein ? Tu dis ?

NAUSISTRATA (*sarcastique*). Te paraît-il si mauvais que ton fils, un jeune homme, ait une maîtresse, quand toi tu as deux femmes ? N'en as-tu pas honte ? De quel front le gronderas-tu ? Réponds-moi ? (*Un silence.*)

DÉMIPHON. Il fera ce que tu voudras.

NAUSISTRATA. Eh bien ! pour te dire maintenant ma résolution, je ne pardonne, je ne promets, je ne réponds rien avant d'avoir vu mon fils ; c'est à son jugement que j'abandonne tout. Je ferai ce qu'il proposera.

PHORMION. Tu es femme de grand sens, Nausistrata.

NAUSISTRATA (*à Démiphon*). Cela te suffit-il ?

DÉMIPHON. Oui.

CHRÉMÈS. Et moi donc, je me tire d'affaire de bonne, d'excellente façon, et je n'y comptais guère.

NAUSISTRATA (*à Phormion*). Toi, dis-moi, quel est ton nom ?

PHORMION. Phormion, l'ami de votre famille, par Hercule ! et tout dévoué à Phédria, ton fils.

NAUSISTRATA. Phormion, je te promets, par Castor ! de parler et d'agir désormais pour toi en tout ce que je pourrai et que tu voudras.

PHORMION. Grand merci !

NAUSISTRATA. Tu le mérites bien, ma foi !

PHORMION. Veux-tu dès aujourd'hui, Nausistrata, faire une chose qui me réjouisse et qui fasse mal aux yeux de ton mari ?

NAUSISTRATA. Je le désire.

PHORMION. Invite-moi à souper.

NAUSISTRATA. Par Pollux ! Je t'invite.

DÉMIPHON. Entrons au logis.

NAUSISTRATA. Soit ; mais où est Phédria, notre juge ?

PHORMION. Je vais le faire venir.

Ils se dirigent tous vers la demeure de Chrémès ; le chanteur s'avance (1).

LE CHANTEUR (*au public*). Vous, adieu, et applaudissez. (*Rideau.*)

EMILE BOISACQ.

---

(1) C'est lui qui, debout à côté du joueur de flûte, chantait les parties lyriques de la pièce, pendant que l'acteur en scène en exécutait la mimique. Il prononçait aussi la formule finale.

PICORÉE

L'aplatissement devant le Tsar étant, en ce moment, général en France, même chez nombre de leurs écrivains ayant vraiment du talent, le triste François Coppée a voulu surpasser tous les autres en veulerie. Il va sans dire qu'il y a réussi. Dans un article du *Journal*, n° du jeudi 1er octobre, et intitulé *Préparatifs*, il indique gravement au monde attentif la portée du *grrrand* événement qu'on attend. Rien ne pourrait, que la citation entière de l'article, donner une idée de la bassesse et de l'hypocrisie que le visqueux journaliste y déploie. Il y a là-dedans des «Vive le Tsar» et des «Vive la Russie », des déclamations sentimentales à l'adresse de l'Ami de la France, et, naturellement, pour finir, l'évocation mystérieuse de la Revanche. Le roublard flatteur trouve même le moyen de célébrer en quelques phrases bien senties les ouvriers de Paris, ces extraordinaires ouvriers qui sont tous un peu artistes ! Il veut parler sans doute de ces jardiniers illusoires essayant de rendre aux arbres des boulevards, dépouillés par l'automne, un printemps factice, en y collant des feuilles et des fleurs en papier ? Que tout cela est triste, grands dieux ! et que l'on est heureux de lire, à la suite de ces platitudes, le mâle et courageux article de Paul Adam en la *Revue blanche* : *Il pleut du sang*. L'admirable penseur y rappelle les massacres d'Arménie et les félicitations du Tsar qu'ils ont values à la Porte.

« Comment l'histoire jugera-t-elle ce peuple, qui, pour obtenir un knout protecteur, salue d'acclamations délirantes le potentat capable de féliciter les égorgeurs de soixante mille inoffensifs réclamant contre le pillage de la soldatesque turque ? Quelle date aux annales de la France !

» Car ils salueront, ils acclameront, ils trépigneront devant le jeune homme à face plate. Modistes, épiciers, merciers, catins et calicots se préparent au grand jour de bassesse. La peur du Prussien affole leur couardise ; et, sur le sol où furent proclamés les Droits de l'Homme, ils crieront leur bonheur d'adorer une bouche qui félicita le Turc du sang humain versé, par massacre, soixante mille fois ! »

Ceci est bien et franchement pensé, et le parfum de force et de bonté qui en émane aide à oublier la puanteur que dégage presque toute la presse française en ce moment.

Le poète Henri de Régnier rééditera prochainement, dans la collection du *Mercure de France*, son magnifique poème : « *Arethuse* », auquel seront jointes deux autres nouvelles : « La Corbeille des Heures » et « Les Roseaux de la Flûte ». Il nous donnera ensuite une sorte de roman : « Les passe-temps de M. d'Amercœur. »

«Aucune œuvre d'art ne devrait être isolée, fossilifiée, fixée; elle devrait être une exception spontanée et momentanée. Un grand homme, en chacune de ses attitudes et de ses actions, est une nouvelle statue. Une belle femme est une image qui communique une noble folie à tous ceux qui la regardent. La vie d'un homme peut être lyrique ou épique, autant qu'un poème ou un roman.

Une véritable synthèse des lois de la création — en admettant que l'homme soit capable de la trouver — emporterait l'art dans le royaume de la nature et détruirait la barrière qui le sépare de la vie et le fait prendre pour le contraste de celle-ci dans la société moderne. Les sources de l'invention et de la beauté sont bien près d'être taries. Un roman populaire, une représentation théâtrale ou une salle de bal nous font sentir que nous ne sommes tous que des mendiants à la porte de l'établissement de bienfaisance du monde, — sans dignité, sans adresse ou ingéniosité L'art est pauvre et mesquin. La vieille et tragique Nécessité n'ennoblit plus le ciseau ni le crayon, — cette vieille Nécessité qui pèse jusque sur le front des Vénus et des Cupidon de l'antiquité et fournit la seule excuse à l'intrusion de ces figures anormales dans la nature, l'excuse qu'elles étaient inévitables ; l'artiste était ivre d'une passion pour la forme; il ne pouvait pas y résister et elle donnait le jour à ces superbes extravagances Mais l'artiste et l'esthète de nos jours cherchent dans l'art la preuve ou la démonstration de leur talent, ou bien encore un refuge contre les maux de la vie. Les hommes ne sont pas satisfaits de la figure qu'ils font aux yeux de leur propre imagination et ils courent à l'art, et mettent tout ce qu'ils ont de meilleur dans un oratorio, une statue ou une peinture. L'art fait le même effort que la prospérité matérielle : il essaie de détacher le beau de l'utile, d'accomplir, en les détestant, quelques

nécessités, quelques travaux ou actions inévitables, puis, les maudissant, leur tourne le dos pour courir à la jouissance. Mais les lois de la nature ne permettent pas ces séparations et ces jeux de compensations, ces partages du nécessaire et du beau. Dès que la beauté n'est plus recherchée religieusement, amoureusement, mais simplement pour le plaisir, elle dégrade celui qui la cherche. On ne peut plus atteindre la plus haute beauté, et ni toile, ni pierre, ni son, ni lyrisme ne la réaliseront ; une beauté efféminée, prudente, maladive, qui n'est pas la beauté, est tout ce que l'on pourra produire ; car la main ne peut pas exécuter des choses plus élevées que l'âme, le caractère n'en peuvent inspirer. »

Emerson, trad. I. Will.

L'Avenir Social, sous la signature de M. Jules Destrée, publie un article intitulé : *Les œuvres d'art dans les églises.* L'auteur commence par établir que les œuvres d'art appartiennent à la nation. Ensuite que les déplorables tolérances dont on use vis-à-vis des fabriques d'églises aboutissent à rendre cette propriété illusoire. Enfin, que toutes les réclamations faites jadis par M. Slingeneyer et hier par M. Destrée lui-même, n'ont jusqu'à ce jour changé quoi que ce soit au vandalisme dévot qui détruit les chefs-d'œuvre, puisqu'on se trouve en présence d'un gouvernement quasi complice, dont le souci électoral ne s'accommode point, dans la circonstance, du souci d'art.

Nous croyons que M. Destrée a raison, mais la cause de l'indifférence gouvernementale nous paraît plus profonde. Que le gouvernement soit clérical ou libéral, qu'importe ! Il est de l'essence de tout gouvernement parlementaire d'être inapte aux questions esthétiques, mais industrieux et habile aux questions électorales Si jamais les adversaires semi-séculaires du parti actuellement régnant, revenaient au pouvoir et prenaient en main la cause des maîtres, ce ne serait jamais que dans le but, mesquin s'il en est, de taquiner l'ennemi. L'art est au-dessus des partis et ceux-ci ne s'inquiètent que de ce qui est au-dessous d'eux. Ils ont peur du sol qui tremble en bas ; ils sont trop aveugles pour voir la foudre qui, un jour, les culbutera d'en haut.

Toutes les grandes idées formidables sont niées par le parlementarisme : il a son petit stock de lieux communs qui lui suffit pour faire croire qu'il s'inquiète de justice et d'art. Il nomme des commissions, il rédige des circulaires, il fait des lois qu'il émascule d'amendements, mais tout cela ne sert qu'à peu de chose. Ce qu'il faudrait, c'est que ceux qui sont la force profonde, celle de demain, et qui précisément agissent comme la foudre, vengent un jour l'art comme ils vengeront la justice.

Revue des revues d'octobre :

A la *Société Nouvelle :* la suite de l'admirable étude d'Edouard Carpenter sur l'*Amour Homogénique ;* des lettres de Tourguenieff ; un conte de Georges Eekhoud : le *Sublime Escarpe ;* des ballades de Paul Fort ; la suite du *Conte de l'Or et du Silence,* de Gustave Kahn.

A la *Revue Blanche,* un article d'avant-garde, très juste et très crâne, intitulé *l'Amour sélectif,* par Ch. Jackson ; la fin du curieux conte de Robert Scheffer : *le Prince Narcisse ;* la *Vie mentale,* de Gustave Kahn ; de toujours intéressants inédits de Jules Laforgue; et surtout un magnifique article de Paul Adam, intitulé : *Il pleut du sang* et opposant les massacres de chrétiens en Arménie à la badauderie russophile et aux lècheries franco-russes à Paris.

Au *Mercure de France :* de Paul Gérardy : *l'âme allemande d'aujourd'hui ;* la *matière de l'esprit,* par Rachilde ; des vers d'André Fontainas, de Pierre Quillard et d'Edouard Dujardin ; un article de Lugné-Poe, sur des choses de théâtre ; la suite de la *Nichina,* le très amusant roman de galanterie vénitienne et néo-païenne, par Hugues Rebell ; enfin la suite des traductions de *Sartor Resartus* et de la *Tragédie de l'Homme.*

PÉRINET.

Des presses de Xavier HAVERMANS, Galerie du Commerce, Bruxelles.